AF329274

BÉNÉDICTION D'UNE CLOCHE

A VERT-LA-GRAVELLE

16 Août 1891

Récit d'une Mission

DONNÉE DANS CETTE PAROISSE

du 15 au 26 Août 1891

ÉPERNAY

IMPRIMERIE DU COURRIER DU NORD-EST

1891

BÉNÉDICTION D'UNE CLOCHE

A VERT-LA-GRAVELLE

16 Août 1893

ET

Récit d'une Mission

DONNÉE DANS CETTE PAROISSE

DU 15 AU 29 MAI 1892

ÉPERNAY

IMPRIMERIE DU " COURRIER DU NORD-EST "

—

1893

A mes paroissiens et à mes amis,
Souvenir affectueux et reconnaissant.

Vert-la-Gravelle, 8 septembre 1893.

E. LEFAUCHER.

BÉNÉDICTION D'UNE CLOCHE

A VERT-LA-GRAVELLE

(16 août 1893)

Le lendemain de l'Assomption, avait lieu, à Vert-la-Gravelle, la bénédiction d'une cloche.

L'église était richement décorée de fleurs, d'oriflammes, de tentures et de drapeaux. Mais, ce qui la rendait plus belle encore, c'était la foule joyeuse et recueillie des fidèles de la paroisse et des paroisses voisines qui se pressait dans son enceinte devenue trop étroite.

La messe solennelle de Saint-Roch (¹) fut célébrée par M. le curé de Colligny, assisté de MM. les curés de Bergères-lez-Vertus et de Bignicourt-sur-Saulx.

Après l'évangile, M. l'abbé Procureur monte en chaire. Il félicite M. le curé de Vert de son zèle pastoral et d'avoir mené à bien cette entreprise, après tant d'autres non moins louables ; puis il expose le rôle de la cloche, « cette voix de Dieu » qui se fait entendre, si souvent, dans la vie du chrétien. Chaque jour, et à plusieurs reprises (l'angelus, la messe), elle convoque le peuple à la prière ; elle rappelle aussi, chaque semaine, le devoir de la sanctification du dimanche ; elle annonce les joies et les deuils des familles et proclame les triomphes de la Patrie reconnaissante ; toutes les graves pensées de la religion

(1) Ce saint est en grande vénération, à Vert-la-Gravelle.

empruntent sa puissante voix pour pénétrer dans les âmes.

A l'issue de la messe, M. le curé de Vert-la-Gravelle, spécialement délégué par Monseigneur l'Évêque, bénit la cloche, entouré de presque tous ses confrères du doyenné de Vertus (¹).

Les prières liturgiques, les ablutions, les onctions avec l'huile sainte, rendaient sensible, sous une autre forme, l'enseignement déjà si lumineux, développé par l'orateur du jour. Elles montraient combien la cloche, séparée des objets profanes et préparée à sa grande mission, est sacrée et digne de respect.

Pendant la cérémonie, M. le curé de Vouzy charma l'assistance par son remarquable talent musical. A leur tour, les jeunes filles de Vert-la-Gravelle exécutèrent des cantiques de circonstance, avec l'habileté qu'on leur connaît.

Après la bénédiction, M. l'abbé Lefaucher, très ému, prononça une allocution délicate que nous sommes heureux de reproduire :

« Mes Frères,

« Elle va finir, cette imposante et gracieuse fête. Mais il me reste un devoir sacré à remplir.

« D'abord, j'offrirai au bon Dieu nos meilleures actions de grâces. Le succès de cette entreprise lui appartient tout entier.

« Cependant, je serais un ingrat si je n'adressais aussi l'expression de ma bien vive reconnaissance à la Sainte Vierge et à Saint Joseph. Que de fois je suis venu, dans cette église, leur confier mes inquiétudes et mes larmes ! Ma confiance n'a pas été trompée !

« Sa Grandeur Monseigneur l'Évêque, pour sa

(1) MM. les curés déjà nommés et ceux de Germinon, Loisy, Pocancy Soulières, Vouzy.

paternelle bienveillance, M. le Maire et MM. les Fabriciens, pour leur appui courageux et persévérant, ont également droit à ma filiale et cordiale gratitude.

« Merci encore aux charitables souscripteurs, aux amis du dehors, comme aux fidèles de la paroisse, aux pauvres, comme aux privilégiés de la fortune, dont les offrandes ont permis d'achever cette œuvre. Au nom du ciel, je les bénis...

« Merci à Mme veuve Charlier-Coutant (¹), à M. Lalire-Fagnières... Choisis, par le conseil de Fabrique, pour donner leurs noms à cette cloche, ils ont généreusement accepté cet honneur et les charges qui l'accompagnent (²). De plus, à côté de leurs noms, ils ont fait inscrire celui de la Sainte Vierge et le mien : acte de foi et de courtoisie qui m'a beaucoup édifié et profondément touché.

« Vous vous êtes souvenu, Monsieur Lalire, du terrible accident de Matougues, qui a failli vous ravir une épouse bien aimée (³). Il était juste de graver sur le bronze votre reconnaissance à la céleste protectrice qui l'a miraculeusement conservée à votre affection.

« Je n'oublierai pas mes chers confrères dont la sympathique présence et les chants pieux, de concert avec le lutrin paroissial et le chœur harmonieux des jeunes filles, rehaussent l'éclat de cette cérémonie.

« J'aurai un souvenir tout particulier pour M. le curé de Bannes, l'ami dévoué qui vient de se faire, avec tant d'esprit et de cœur, l'interprète du sens religieux et patriotique de la cloche.

(1) Son grand-père. M. Louis-Auguste Coutant, décédé le 5 mars 1886, présida le conseil de Fabrique pendant 40 ans. La grille du sanctuaire rappelle sa mémoire.

(2) Ils ont bien voulu donner à l'église une lampe dorée et la robe de baptême de leur filleule qui va être transformée en une aube magnifique. De plus, ils ont largement aidé les demoiselles de la Confrérie à payer leur bannière.

(3) Mme Lalire, née Maria Fagnières, fut presque broyée, entre deux trains, devant la station de Matougues, en novembre 1888.

« J'arrive, enfin, à l'honorable M. Paintandre. Il nous a bien fait languir un peu (1), on s'en souvient. Mais, c'est une question à régler entre lui et saint Pierre. Nous l'aiderons volontiers à obtenir son pardon. En tout cas, cette cloche tant désirée perpétuera l'honneur de sa Maison. Je veux saluer, en lui, l'artiste dont le talent est une gloire pour la Champagne religieuse !

« Et toi, chère, bien chère cloche, puisses-tu chanter longtemps les louanges de Dieu : *Laus Deo !* Prêche tous les jours, aux vivants la paix des esprits et des cœurs, la concorde : *Pax vivis !* Fais retentir jusque dans les sépulcres, l'écho de nos immortelles espérances : *Requies defunctis !*

« Maintenant, ô mon Dieu, je n'ai plus qu'un vœu à exprimer... Ce serait pour mon cœur une bien douce consolation, si cette cloche rappelait à ce peuple, à qui vous m'avez donné la grâce de consacrer quinze des plus belles années de mon sacerdoce, combien je l'ai aimé ; et si elle lui inspirait, en retour, la salutaire pensée de ne pas m'oublier dans ses prières ! »

La cérémonie se termina par le chant du *Te Deum* et la bénédiction du Très Saint Sacrement.

Quelques instants après, sur la place de l'église, par un soleil radieux, au son de la cloche et de la mitraille, il tomba des mains du parrain et de la marraine acclamés, une pluie torrentielle de dragées et de pièces de monnaie, qui firent le bonheur des enfants et de ceux qui, ce jour-là, aiment à le redevenir.

Les habitants de Vert-la-Gravelle conserveront longtemps le souvenir de ce baptême. Nous avons l'espoir qu'ils écouteront toujours, avec docilité, la voix bien aimée de la cloche quand elle leur rappellera le devoir si

(1) La cloche aurait dû être bénite le 29 juin, jour de la fête de saint Pierre, patron de la paroisse.

doux de la prière et de l'adoration, car la voix de la cloche, c'est la voix de Dieu.

Peut-être lira-t-on, avec quelque intérêt, les notes historiques suivantes, concernant les cloches de Vert-la-Gravelle :

« En 1807, il existait une cloche unique, pesant 833 kil. De cette cloche, on en fit deux. Le poids total fut augmenté de 17 kil. 500. Les actes portent qu'elles furent bénites par M. Cresson (1), curé de la paroisse, le 27 août 1807.

« La plus grosse (492 kil.), fut nommée Marie-Piérette, par Pierre-Louis Charlier, et Marie-Anne Poiret, épouse de Jacques Jarry. M. Jean-Charles Coutant : maire de la commune ; Fabriciens : MM. Jarry fils et Radet fils.

« La plus petite (358 kil. 500), fut nommée Louise-Antoinette, par Pierre-Louis-Christophe Aubert, percepteur, et Adélaïde-Antoinette Coffinet, épouse de J.-B. Bornot, propriétaire du château de la Gravelle. Fondeur : Nicolas Gérard, de Lévécourt (Haute-Marne).

« Cette dernière eut un accident grave et repassa au creuset. Bénite par M. Virton (2), curé de Vert-la-Gravelle, le 2 novembre 1824, elle portait une inscription fausse, ainsi conçue : " J'ai été nommée Marie par M. Pierre-François-Marie Jarry et dame Piérette Guérin... » tandis, qu'en réalité, le parrain avait été J.-B. Bornot, maire de la commune, et la marraine, sa sœur, Marie-Elisabeth Bornot, femme de Pierre-Louis Charlier. — Adjoint : J.-B. Pérard ; fondeurs : François Cauchois et Pierre Lejeune.

« En 1880, par suite d'un changement de baudrier, cette cloche cassa de nouveau. Ce n'est qu'en 1893 qu'on songea à la refondre, au moyen d'une souscription

---

(1) Chanoine honoraire de Châlons, Curé-Doyen d'Heiltz-le-Maurupt, décédé à l'âge de 87 ans, en 1849.

(2) Né à Epernay en 1760, décédé à Vert, le 29 novembre 1832.

publique. Elle pesait 521 kilos le jour de son départ pour Vitry. Au retour, elle accuse une augmentation de 11 kil. ; soit, pour le poids total, 532 kil. ; et sa tonalité est le fa dièze.

« Voici son inscription :

« *Gloria in excelsis Deo, et in terrá, pax hominibus* « *bonæ voluntatis,*

« L'an de grâce 1893, sous l'épiscopat de Monseigneur « Sourrieu, j'ai été bénite par M. l'abbé Eugène-Félix-Remy « Lefaucher, curé de la paroisse de Vert-la-Gravelle.

« J'ai eu pour parrain : M. Benoni-Modeste Lalire- « Fagnières, trésorier de la Fabrique, et pour marraine, « M*mᵉ* veuve Charlier, née Frédérine-Désirée Coutant, qui « m'ont nommée Marie - Frédérine - Désirée - Modestine - « Eugénie. »

« Membres du Conseil de Fabrique : MM. Hadot-Mailliot, maire ; Boucquemont Zéphir-Oudin, président ; Coutant-Maillet ; Mailliot Narcisse-Devauversin ; Ploix Apollinaire-Ploix.

« De plus, on y remarque, au milieu d'une ornementation d'un goût très pur, l'image de N.-S. J.-C. en croix, celles de la Sainte Vierge, de Saint Joseph, de Saint Éloi, de Saint Pierre, patron de la paroisse, et les armoiries de Sa Sainteté le pape Léon XIII, glorieusement régnant.

« Cette cloche est d'une exécution irréprochable et s'accorde très bien avec la seconde. »

LISTE DES HABITANTS DE VERT-LA-GRAVELLE

qui ont souscrit pour la refonte de la cloche

Mlle Anchez (Angèle).
M. Mme André-Doizelet,
    Balourdet (Auguste).
    Balourdet, aîné.
M. Mme Barnier-Yvonnet.
Mme Ve Barnier (Adolphe).
M. Mme Boucquemont-Fabrion.
Mme Ve Boucquemont Aspasie.
M. Mme Boucquemont (P.) Oudin.
    Boucquemont-Poiret.
    Boucquemont-Durocher.
    Boucquemont-Mabilon.
    Boucquemont-Brugny.
    Boucquemont-Ploix.
    Boucquemont-Oudiné.
    Bardoux-Boucquemont.
  M. Boucquemont-François.
M. Mme Boucquemont-Jolly.
    Boucquemont (Z.) Oudin.
    Caillette-Chabat.
    Carlier-Guénou.
    Carlier-Legrand.
  Mlle Carlier (Daria).
M. Mme Chabat.
Mme Ve Charlier-Coutant.
M. Mme Charlier-Moncuit.
    Chouart-Thomas.
Mme Ve Chassette.
M. Mme Carrouge-André.
    Collange (Honoré).
Mlle Collange (Estelle).
    Collange (Constance).
  M. Collange (Théodore).

Mme Ve Collange (Zéphyr).
    Collange (Modeste).
M. Mme Coutant-Maillet.
    Coutant-Champion.
    Cuperly.
    Durocher-Odyle.
    Durocher-Berzin.
    Eyrard-Fabrion.
Mme Ve Fagnières-Ploix.
M. Mme Faye-Roussel.
    Giot-Oudiné.
    Guenault-Pascal.
Mme Ve Guenault-Violette.
M. Mme Hadot-Rose.
Mme Ve Hadot-Ginat.
M. Mme Hadot-Faye.
    Hadot-Pascal.
    Hadot-Thomas.
  Mlle Hadot (Victoria).
M. Mme Hadot-Garnesson.
  M. Hadot (Cydalice).
Mme Ve Hadot-Prieur.
  M. Hadot (Isidore).
Mme Ve Jolly (Eugène).
M. Mme Jolly-Dumain.
  M. Jolly (Joseph).
  Mlle Jolly (Claire).
M. Mme Lalire-Fagnières.
  M. Lefaucher (Eugène).
M. Mme Leclère.
    Lefèvre-Durocher.
    Louvet-Chabat.
    Mailliot-Devauversin.

M. Mme Mailliot (Théodore).
M. Marmet (Ernest).
M. Mme Mithiaux (Auguste).
Mme Ve Moncuit-Noël.
Moncuit-Poiret.
M. Mme Mony-Lécrivain.
Moussy-Benoni.
Moussy-Nominé.
Mme Ve Moreau.
M. Mme Moreau-Mithiaux.
Noël-Laurent.
Oudiette.
Pascal-Girardin.
Pérard-Pageot.
Pérard-Thibault.
Pintat-Charpentier.
Pingedez-Remy.
Ploix-Basson.
Ploix-Fabrion.
Ploix-Ploix
Poiret-Pérard.
Poiret-Hadot.

Mme Ve Prat-Hadot
Mlle Prévost (Célina).
M. Mme Prieur.
Mme Ve Remy-Hadot.
M. Ruban (Lucien).
Mlle Ruban (Blanche).
M. Mme Simart-Durand.
Simart-Réjaux.
Mme Ve Thierson.
M. Mme Thierson-Mailliot.
Thomas-Devauversin.
Mme Ve Thomas-Devauversin.
M. Mme Thomas-Marizy.
Thomas (Urbain).
M. Thomas (Frédéric).
Mme Ve Yvonnet-Hadot.
Mlle Yvonnet (Maria).
M. Yvonnet-Emilien.
Mme Ve Yvonnet-Lalire.
M. Yvonnet-Gaspard.
M. Mme Yvonnet-Hadot.

Liste des Souscripteurs étrangers à la Paroisse

M. le chanoine Chapusot, aumônier de l'Hospice d'Epernay.
M. l'abbé Janson, curé de Colligny.
M. l'abbé Procureur, curé de Bannes.
Mme Philipponnat-Bornot, d'Ay.
Mme Becquey, de Vertus.
Mme Royer-Guillemin, du Mesnil-sur-Oger.
M. Bornot, de Châlons.
M. et Mme Aubert-Lécureux, d'Avize.
M. et Mme Paul Royer, du Mesnil.
M. et Mme Albert Royer, du Mesnil.
M. et Mme Henri Royer, de Fismes.
M. et Mme Georges Royer, du Mesnil.

M. et Mᵐᵉ Bardet-Lemaire, d'Epernay.
Mˡˡᵉ Marie Royer, du Mesnil.
M. Eugène Royer, de Sézanne.
Mˡˡᵉ Madeleine Chapusot, d'Epernay.
Mˡˡᵉ Buard (Emilie), de Paris.
Mˡˡᵉ Lerolle, de Châtillon-sous-Bagneux.
Mˡˡᵉ Beauveut (Marie), de la Neuvillette.
M. et Mᵐᵉ Huguenin-Arnoud, d'Epernay.
Mᵐᵉ veuve Thierson, de Coizard.
M. et Mᵐᵉ Lheureux, d'Aulnizeux.
M. Paul Belmin, de Paris.
M. et Mᵐᵉ Pascal-Faye, de Châlons.
Mᵐᵉ veuve Barnier, de Bergères-les-Vertus.
Mᵐᵉ veuve Célinie Clément, de Toulon.
Mᵐᵉ veuve Pascal-Vital, de Châlons.
Mˡˡᵉ Blanche Durocher, de Châlons.
M. et Mᵐᵉ Veuillet-Lefaucher, de Jâlons-les-Vignes.

LISTE DES PERSONNES

QUI ONT DONNÉ POUR

L'ACQUISITION D'UNE BANNIÈRE DE LA SAINTE VIERGE

Mˡˡᵉˢ Anchez (Angèle).
André (Angèle).
Barnier (Pauline).
Bardoux (Adrienne).
Boucquemont (Antoinette).
Boucquemont (Aurore).
Boucquemont (Marie).
Carlier (Daria).
Chouart (Albertine).
Chouart (Berthe).
Coutant (Camille).
Coutant (Erzélie).
Cuperly (Lucie).
Eyrard (Estelie).
Faye (Jeanne).
Faye (Lucienne).

Mˡˡᵉˢ Guenault (Emma).
Hadot (Maria).
Hadot (Victoria).
Jolly (Claire).
Lesaint (Julia).
Mailliot (Fernande).
Mailliot (Henriette).
Moncuit (Céline).
Moncuit (Clémence).
Moncuit (Rosa).
Moncuit (Uranie).
Pérard (Anaïs).
Pintat (Georgina).
Ploix (Eva).
Poiret (Adrienne).
Poiret (Marie).

Mlles Prévost (Célina).
Remy (Estelle).
Rolland (Gabrielle).
Ruban (Blanche).
Simon (Gabrielle).
Thierson (Lucienne).
Thomas (Léonie).
Thomas (Zélina).
Mmes Ve Barnier (Adolphe).
Carlier-Legrand.

Ve Charlier-Coutant.
Durocher-Berzin.
Fagnières-Ploix.
Hadot-Mailliot.
Jolly-Dumain.
Lalire-Fagnières.
Lheureux, d'Aulnizeux.
Poiret-Pérard.
Ve Thomas-Devauversin.

En témoignage de sa reconnaissance sacerdotale, M. le curé de Vert-la-Gravelle s'est fait un devoir d'offrir, deux fois, le saint sacrifice de la messe, pour les bienfaiteurs de son église, encore vivants, et pour ceux qui, déjà, ne sont plus.

L'Abbé A. D. M.

RÉCIT D'UNE MISSION

DONNÉE DANS LA PAROISSE DE VERT-LA-GRAVELLE

(15-29 MAI 1892)

La paroisse de Vert-la-Gravelle vient d'être favorisée d'une Mission donnée par M. Chapelle, prêtre de la congrégation fondée par Saint Vincent de Paul (1576-1640).

Cette retraite avait été placée sous le patronage de la reine du ciel. Sa Grandeur Monseigneur l'Evêque avait daigné en bénir le projet, pendant les fêtes de la confirmation (29 avril). Elle a merveilleusement réussi.

Durant quinze jours, la paroisse presque tout entière se pressa autour de la chaire sacrée. Chaque jour, l'église était comble.

C'est que, dès le début, l'éloquent missionnaire avait su conquérir les sympathies générales. Il fallait voir, surtout, l'empressement des jeunes gens qui, oubliant les fatigues de la journée, venaient chanter, avec un irrésistible entrain, les cantiques si populaires, usités en pareil cas. C'est à leur concours qu'est due la plus grande part du succès.

Merci à ces braves ouvriers, à leurs pères et à leurs patrons, qui leur ont laissé cette liberté dont ils ont fait un si noble usage.

Plusieurs fêtes inoubliables ont marqué cette période : la consécration de la paroisse à la Sainte Vierge, l'offrande des couronnes à Marie Immaculée, la bénédiction des enfants, la distribution des christs et des chapelets, le jour de l'Ascension : souvenirs gracieusement accordés par l'Œuvre de Saint-François de Sales.

Mais, ce qui a été particulièrement imposant, ce fut la bénédiction de deux croix destinées à être plantées : celle des Laboureurs, sur le Mont-Oger, et celle des Vignerons, au finage coupé par la route de Vert à Toulon.

La première cérémonie a eu lieu, le dimanche 22 mai, et la seconde, le jour de l'Ascension de Notre-Seigneur.

Le conseil de Fabrique, une longue procession d'hommes, de femmes, de jeunes filles et d'enfants de la paroisse et du voisinage, formaient le cortège, bannières en tête. Les jeunes gens avaient revendiqué l'honneur de porter, sur leurs épaules, ces croix ornées de rubans, de feuillages et de fleurs. Et ils avaient raison. La croix mérite ces publics hommages. N'est-elle pas l'instrument de notre salut ? D'ailleurs, c'est elle qui a brisé les fers de l'esclavage ! C'est à Celui qui est mort sur cette croix que les hommes doivent la seule vraie liberté, la seule vraie égalité, la seule vraie fraternité ! N'a-t-elle pas présidé à la civilisation du monde et de la France ? N'est-ce pas elle qui brille sur la poitrine des braves qui ont vaillamment versé leur sang pour la Patrie ? Qu'il était bien à sa place, le drapeau national, dont les plis glorieux flottaient au-dessus de ce divin étendard !

Le 29 mai, la Mission se terminait comme elle avait commencé, le 15 mai, dans l'annexe (Coizard), par des premières communions solennelles.

A la première messe de sept heures, un spectacle touchant nous était réservé. Parmi les personnes qui s'approchèrent de la sainte table, se trouvaient quatre jeunes gens d'une paroisse voisine, qui n'avaient jamais rempli ce grand devoir. Averti de cette situation, par un hasard tout providentiel, le missionnaire s'était spontanément chargé de les y préparer.

Pendant la grand'messe, les jeunes filles qui, au cours

de la Mission, s'étaient montrées très dévouées, chantèrent avec autant de piété que de talent, des cantiques donnant comme un avant-goût des célestes harmonies.

Après les vêpres, une cérémonie à la fois religieuse et patriotique nous réunissait autour de la tombe d'un jeune soldat mort l'an dernier dans sa famille (1). Ancien aumônier militaire, M. Chapelle fut heureux de bénir cette tombe, voulant ainsi donner aux jeunes gens du pays un dernier gage d'affection, en priant avec eux pour leur camarade.

Le soir de ce beau jour, on se réunissait encore à l'église, pour entendre le sermon de clôture. Les adieux échangés entre le curé de la paroisse et le missionnaire, furent pleins de cordialité. Puis, chacun s'inclina pieusement, sous la bénédiction du Très Saint Sacrement, et l'on salua par un cantique final la blanche statue de Marie Immaculée qui, au fond de l'abside, se dessinait resplendissante de lumière.

Et tous, en remerciant Notre-Seigneur et sa Très Sainte Mère, de tant de grâces obtenues, regrettaient de voir si tôt finir des fêtes si douces et si pures...

Heureuses les âmes qui ont entendu l'appel de Dieu et sont revenues ou vont revenir à leur Père... Pour elles, la Mission aura été le prélude du ciel.

(*Semaine Religieuse* du 4 juin 1892).　　　E. L.

(1) Amédée Moncuit.

23